Pierre et Jean

FichesdeLecture.com

10
Unidades.

Pierre et Jean
(Fiche de lecture)

I. INTRODUCTION

Pierre et Jean est un roman écrit par Guy de Maupassant (1850-1893), publié pour la première fois sous la forme d'un feuilleton dans *La Nouvelle Revue* de décembre 1887 à janvier 1888. Il est précédé d'un court essai intitulé « le roman », également publié séparément dans le *Figaro*. Nouvelle ou « petit roman », il s'agit de la quatrième œuvre de Maupassant, dans laquelle il met en scène une famille confrontée à la découverte d'un enfant illégitime.

II. RÉSUMÉ DU ROMAN

Chapitre I

Lors d'une partie de pêche au large du Havre, une famille est réunie dans une même barque. On y trouve le père Roland, un bijoutier parisien désormais retraité, sa femme, que Maupassant présente comme « une économe bourgeoise un peu sentimentale », accompagnés de leurs fils Pierre et Jean. Ces deux derniers, comme la majorité des frères, sont à la fois très liés et en opposition, au travers d'une « fraternelle et inoffensive inimitié » ; tous deux rivalisent d'efforts à la rame sous les yeux de Mme Rosémilly, une veuve encore jeune.

Lorsque la partie s'achève et que tous s'en retournent sur la côte, les Roland apprennent que Jean va hériter (et seulement lui) de Maréchal, qui est un ancien ami de la famille.

Chapitre II

Pierre réfléchit à cela sur le port. Il y croise son frère, qu'il félicite pour cet héritage. Puis Pierre se rend chez le pharmacien Marowsko, un réfugié polonais. Lors de sa visite, tous les deux entament une discussion au cours de laquelle le pharmacien sème doute dans l'esprit du jeune homme. L'héritage « ne fera pas bon effet ».

Chapitre III

Une fois de plus, quelqu'un d'autre renforce le doute dans l'esprit de Pierre. Il s'agit cette fois d'une fille de brasserie, qui vient éveiller les soupçons de Jean. Elle lui déclare en effet : « Ça n'est pas étonnant qu'il te ressemble si peu ». Perturbé, Pierre vient troubler la tranquillité d'un repas de famille pourtant organisé pour célébrer l'évènement.

Chapitre IV

Pierre décide de sortir en mer. Après quelque temps, toutefois, le mauvais temps et la brume l'obligent à rebrousser chemin. Dès lors, il entame une « enquête minutieuse » visant à découvrir la vérité sur son identité et celle de sa famille. Soudain, un souvenir lui revient à l'esprit : »Maréchal, celui qui a légué sa fortune à Jean, était aussi blond que son frère Jean.

Chapitre V

Pierre fait la requête suivante à sa mère : il voudrait obtenir un portrait de Maréchal. Lors d'une excursion à Trouville, il est confronté à la « perversité féminine » qu'il ignorait jusque-là. Le trouble de sa mère vient s'ajouter à la ressemblance du portrait de Maréchal avec son frère, ce qui transforme le doute initial de Pierre en « intolérable certitude ».

Chapitre VI

Désormais, Pierre harcèle sa mère. Cet « infâme secret » lui pèse.

Un jour qu'il est de sortie à la plage de Saint-Jouin, Jean avoue ses sentiments à la veuve Rosémilly. Pierre tombe alors dans une scène symbolique de mort, à savoir « un corps étendu sur le ventre, comme un cadavre, la figure dans le galet ».

Chapitre VII

Jean, qui habite dans un nouvel appartement (qui était aussi convoité par Pierre...) est confronté à son frère. Pierre, furieux et sur le point d'exploser, lui révèle sa découverte : « tu es le fils d'un homme qui t'a laissé sa fortune ».

Leur mère avoue tout à Jean : « tu n'es pas le fils de Roland ». Mais cette révélation n'a pas l'effet attendu, car plutôt que de se brouiller à jamais, elle réunit la mère et Jean dans un même fort amour.

Chapitre VIII

Tous deux cherchent alors à éloigner Pierre. Ce dernier décide de devenir médecin sur un paquebot pour mieux s'enfuir.

Chapitre IX

On retrouve alors le même groupe qu'au début du roman, à l'exception d'un de ses membres. Le père Roland ne soupçonne toujours rien de ce qui se trame dans sa famille.

Tous sont dans la barque pour dire adieu et saluer le départ d'un bateau, la *Lorraine,* sur lequel a embarqué Pierre, qui va désormais entamer une nouvelle vie, celle d'un « forçat vagabond ».

III. PRÉSENTATION DES PERSONNAGES PRINCIPAUX

Pierre

Pierre Roland est l'un des deux frères qui ont donné leurs prénoms au récit. Né en 1855, il est âgé d'une trentaine d'années ; il est médecin et un peu caractériel. Maupassant le décrit comme un homme aux cheveux bruns. Bien qu'il parte à la fin du bref roman, son souhait initial était de s'installer dans la région après avoir été diplômé médecin.

Jean

Jean Roland est donc le fils illégitime de la famille, ce qui paradoxalement le rapproche de sa mère, au grand désespoir de Pierre. Il a vingt-cinq ans et est licencié en droit. Comme son frère, il est en vacances pendant la durée du roman. Blond pour sa part, il souhaite être avocat dans la région. Il est le futur mari de Mme Rosémilly.

Gérôme Roland

Le père Roland est un ancien bijoutier désormais à la retraite. Il est présenté comme un homme niais qui comprend rarement ce qu'on lui dit. Rentier au Havre, il est passionné par la pêche et l'océan.

Léon Maréchal

Ancien ami de la famille, il lègue son héritage à Jean. Pierre découvre qu'il est en fait le véritable père de ce dernier, notamment car tous deux sont blonds. Il est rarement évoqué dans le roman, malgré son impact sur l'intrigue.

Louise Roland

La mère des deux frères est l'ancienne amante de Léon Maréchal, à qui elle reste fidèle sentimentalement. Elle est âgée de 48 ans et est décrite comme une « économe bourgeoise un peu sentimentale ».

Madame Rosémilly

Jeune veuve, elle deviendra la femme de Jean. Elle est âgée de 23 ans et est aussi une rentière résidant au Havre. Son mari décédé était un capitaine au long cours.

Marowsko

Cet émigré polonais est pharmacien. Il s'est réfugié en France et est l'ami de Pierre. Il aime inventer des liqueurs.

Le Capitaine Beausire

C'est un marin local ami de M.Roland et de Mme Rosémilly.

Maître Lecanu

C'est le notaire qui annonce la mort de Maréchal et l'héritage légué à Jean.

IV. AXES DE LECTURE DE L'OEUVRE

Le triomphe du fils illégitime

Le roman est cruel en ce sens qu'il accorde une double victoire au fils illégitime. D'une part, Jean récupère la grande fortune de son père biologique, qu'il n'a même pas connu ; et ce, sans même que son père « adoptif » s'en aperçoive, donc sans conséquence aucune sur la structure familiale traditionnelle. D'autre part, parce que le fils illégitime acquiert le statut de fils privilégié et préféré parce qu'il est finalement issu d'un amour profond, bien qu'interdit. En résumé, Jean obtient l'amour, l'amour, l'affection de sa mère, tandis que Pierre se sent trahi et renvoyé à l'image d'un père plus que médiocre.

Pierre est poussé à l'exil, ce qui peut paraître paradoxal dans la mesure où il s'inscrit du côté légitime de la famille. De plus, cet exil, cette fuite selon les interprétations, s'apparente fort à une symbolique de mort, en raison de son « petit lit marin, étroit et long comme un cercueil ».

Du point de vue du lien affectif et de la communication, Jean obtient l'accès à la confession volontaire de sa mère, c'est-à-dire à la vérité qui reste cachée aux autres. D'ailleurs, on note que le chapitre 6 marque un changement dans le point de vue de la narration, qui passe de Pierre... à Jean. C'est à une double dépossession que nous assistons alors.

Mer et mère

Dans cette perspective, la mer acquiert une présence symbolique extrêmement puissante. Ainsi, lorsque Peirre déclare qu'il est furieux « d'avoir été privé de la mer, par la présence de son frère », on comprend qu'il s'agit aussi d'une privation de la figure maternelle, la mère cette fois.

L'eau est présente tout au long du roman ou de la nouvelle (selon les lectures). Elle est l'élément réunificateur, mais aussi l'élément de fuite. Des idylles y naissent, des hommes disparaissent dans la brume, d'autres reviennent au port. Eau, mer, mère : Maupassant a soigné la symbolique dans son oeuvre.

L'opposition des genres romanesques

Maupassant, dans l'édition de *Pierre et Jean,* a ajouté comme sorte d'introduction, un texte intitulé *Le roman,* dans lequel il développe une réflexion littéraire sur le roman. L'essai réaffirme, encore une fois au nom de sa fidélité à son ami Flaubert, la prise de distance de l'écrivain avec « l'école réaliste et naturaliste », de même qu'avec l'écriture artiste des Goncourt.

Maupassant choisit en effet de privilégier « une vision personnelle du monde », et pense que « la marque du grand art » passe par la force de l'« illusion particulière ». Pour lui, en effet, le roman psychologique (c'est-à-dire un roman qui se focalise sur l'analyse des sentiments) est en opposition fondamentale avec le roman objectif, qui écrit et décrit le geste, le comportement, mais sans en donner la motivation initiale. Rétrospectivement, on pourrait qualifier cette perspective de behavioriste. Maupassant choisit donc de classer *Pierre et Jean* dans la catégorie des études psychologiques. Il pense que l'écrivain doit organiser le réel pour que celui-ci soit plus vraisemblable. En effet, la vie que nous vivons quotidiennement et l'ensemble des expériences et évènements qui s'y produisent sont bien trop variés et riches pour qu'un écrivain parvienne à les écrire de manière adéquate et exhaustive.

Bien que le roman n'ait pas été volontairement associé à l'essai qui le précède (dans lequel il est affirmé que « parler du réel, même de manière réaliste, c'est forcément tricher un peu »), on peut trouver dans l'essai plusieurs considérations s'appliquant directement à *Pierre et Jean*.

L'originalité de l'oeuvre vient du fait qu'elle concilie des techniques du roman d'analyse venant exposer la crise intérieure de Pierre, et des techniques de focalisation externe propres au roman objectif, lorsqu'il s'agit de présenter la mère Roland à travers le regard terriblement inquisiteur du fils.

Les éléments naturalistes de l'oeuvre

Bien qu'il s'en soit défendu, nous trouvons chez Maupassant des éléments naturalistes, tels que :

– certaines caractéristiques de la vie en Normandie de cette époque : l'atmosphère des brasseries, le port, les marins et les campagnardes... d'un certain point de vue, donc, Maupassant a une démarche réaliste et naturaliste.

– Il y a peu d'écarts avec la géographie réelle des lieux. Quelques inventions doivent cependant être relevées : la rue « Belle-Normande », ou encore le phare d'Etrouville.

Une critique importante : Italo Calvino

Dans *Pourquoi lire les classiques*, le célèbre Italo Calvino a décrit la force de la portée psychologique, voire même mythique et tragique, de *Pierre et Jean* : « Le testament inattendu d'un ami de la famille, défunt, fait exploser la rivalité latente de deux frères, Pierre, le brun, et Jean, le blond, à peine diplômés, l'un en médecine et l'autre en droit ; pour quelle raison l'héritage va-t-il tout entier au placide Jean et non à Pierre, le tourmenté ? En famille, à part Pierre, personne ne semble se poser ce problème. Et Pierre, de question en question, de colère en colère, renouvelle la prise de conscience d'un Hamlet, d'un Œdipe : la normalité et la respectabilité de la famille de l'ex-bijoutier Roland ne sont qu'une façade ; la mère au-dessus de tout soupçon était une femme adultère ; Jean est le fils adultère et c'est à cela qu'il doit sa fortune ; la jalousie de Pierre n'est plus maintenant ressentie à cause de l'héritage de la mère et de son secret ; c'est la jalousie que son père n'a jamais songé à savoir ce qui dévore à présent le fils ; Pierre a, de son côté, la légitimité et la connaissance, mais autour de lui le monde vole en éclats. »

Le regard du médecin

En tant que médecin, Pierre est prédisposé à l'analyse du « mal » qui trouble les êtres humains. D'ailleurs, lorsqu'il harcèle sa mère pour obtenir la vérité, c'est « comme s'il avait eu le secret de son mal étrange et inconnu ». Mais il sort de son rôle professionnel en provoquant la crise plutôt qu'en tentant de soigner sa mère.

De même, l'amour apparaît comme une maladie, à travers l'image de Jean qui se laisse happer par la jeune veuve « comme si le mal qui germait en lui avait attendu ce jour-là pour éclore ».

Pierre anticipe donc « le germe secret d'un nouveau mal » et pratique l'introspection, mais sans forcément trouver de remède.

Dans la même collection en numérique

Escadrille 80

Inconnu à cette adresse

La controverse de Valladolid

Les Vilains petits canards

Une partie de campagne

Cahier d'un retour au pays natal

Dora Bruder

L'Enfant et la rivière

Moderato Cantabile

Alice au pays des merveilles

Le faucon déniché

Une vie

Chronique des Indiens Guayaki

Je voudrais que quelqu'un m'attende quelque part

La nuit de Valognes

Œdipe

Disparition Programmée

Education européenne

L'auberge rouge

L'Illiade

Le voyage de Monsieur Perrichon

Lucrèce Borgia

Paul et Virginie

Ursule Mirouët

Discours sur les fondements de l'inégalité

L'adversaire

La petite Fadette

La prochaine fois

Le blé en herbe

Le Mystère de la Chambre Jaune

Les Hauts des Hurlevent

Les perses

Mondo et autres histoires

Vingt mille lieues sous les mers

99 francs

Arria Marcella

Chante Luna

Emile, ou de l'éducation
Histoires extraordinaires
L'homme invisible
La bibliothécaire
La cicatrice
La croix des pauvres
La fille du capitaine
Le Crime de l'Orient-Express
Le Faucon malté
Le hussard sur le toit
Le Livre dont vous êtes la victime
Les cinq écus de Bretagne
No pasarán, le jeu
Quand j'avais cinq ans je m'ai tué
Si tu veux être mon amie
Tristan et Iseult
Une bouteille dans la mer de Gaza
Cent ans de solitude
Contes à l'envers
Contes et nouvelles en vers
Dalva
Jean de Florette
L'homme qui voulait être heureux
L'île mystérieuse
La Dame aux camélias
La petite sirène
La planète des singes
La Religieuse

À propos de la collection

La série FichesdeLecture.com offre des contenus éducatifs aux étudiants et aux professeurs tels que : des résumés, des analyses littéraires, des questionnaires et des commentaires sur la littérature moderne et classique. Nos documents sont prévus comme des compléments à la lecture des oeuvres originales et aide les étudiants à comprendre la littérature.

Fondé en 2001, notre site FichesdeLectures.com s'est développé très rapidement et propose désormais plus de 2500 documents directement téléchargeables en ligne, devenant ainsi le premier site d'analyses littéraires en ligne de langue française.

FichesdeLecture est partenaire du Ministère de l'Education du Luxembourg depuis 2009.

Plus d'informations sur www.fichesdelecture.com

ISBN: 978-2-511-02942-8

Notes :